KB181856

한국 희곡 명작선 51

봉보부인 (奉保夫人)

한국 희곡 명작선 51

봉보부인 (奉保夫人)

안희철

평민사

안희철

봉보부인

등장인물

송이 - 성종의 유모
성종 - 조선 제9대 왕
벌 - 성종의 호위무사
달성대사 - 풍수지리에 능한 승려, 송이父의 친구
강선 - 송이의 남편
강석경 - 강선의 아들
대신1 - 원로대신
대신2 - 신진대신
김내관
송이父
부제학
세자빈 - 훗날 인수대비, 성종의 생모
중전
대비
상궁
궁녀
아낙
그 외 (군사들, 대신들, 악사들, 무희들, 백성들 등 군중장면을 담
당하는 역할)
※ 송이, 성종, 벌을 제외한 인물은 모두 일인 다역이 가능하다.

때

조선 제9대 왕 성종조

공간

대구 달성토성, 궁궐, 한양의 유모 사가

◆ 일러두기

왕의 유모(乳母) - 봉보부인

조선시대의 왕과 왕실의 자식들에게는 모두 '유모'가 있었다. 왕의 수많은 자식들 중에서 누가 왕이 되느냐에 따라 천인 출신이었던 유모의 인생도 달라졌다. 자신의 젖으로 키운 왕의 자식이 세자에 책봉되고 급기야 왕이 되면 유모의 삶은 완전히 바뀌었다.

유모가 키운 아기가 왕위에 오르면 유모는 곧바로 종1품 '봉보부인'에 봉해졌다. 본디 봉보부인의 기원은 중국 한나라에서 시작되었는데 조선에서는 건국 이후 세종이 중국의 제도를 참작해 자신의 유모였던 이 씨를 봉보부인이라고 칭하고 종2품의 품계를 준 것에서 비롯되어 후에 종1품으로 승급되었다.

봉보부인은 자신의 생일이나 왕의 탄신일, 또는 경사가 되는 날에 왕으로부터 특별한 하례물을 받았다. 사후 절차도 종1품 품계의 상례에 따라 치러졌다. 당연히 품계에 걸맞은 땅과 녹봉을 받았으며 가까운 혈족은 모두 면천이 되었다. 보통의 경우 유모는 아기가 3살이 될 즈음까지 궁에서 함께 생활하다가 자신의 집으로 돌아가지만 궁에 계속 남아 함께 생활하는 경우도 있었다.

왕의 유모는 왕이 심적으로 의존하는 실질적인 어미의 역할을 했기 때문에 왕과 왕비 등 왕실의 측근들과 깊은 관계를 지니고 있었다. 그로 인해 많은 이들이 봉보부인에게 줄을 대어 이권을 챙기려는 움직임을 보였다. 그래서 유모였던 봉부부인은 실로 막강한 권력을 누리며 새로운 형태의 외척이 되기도 했다.

특히, 성종의 유모였던 백 씨는 연산군의 유모와 함께 조선시대 유모 중에서 가장 권세가 컸던 인물로 알려져 있다. 이 작품은 조선의 제9대 왕이었던 성종의 유모를 중심으로 한 실제 이야기를 바탕으로 하고 있지만 작품을 위해 인물, 배경, 시간순서 등이 일부 변형된 허구임을 밝힌다.

1

대구 달성토성(達城土城) 터.

정확한 연도를 알 수 없는 고대.

어두운 상태에서 쿵쿵하는 소리가 멀리서부터 들려온다. 그 소리가 점점 더 커지더니 서서히 빛을 받은 산의 형체가 뒤에 나타난다. 그리 크지 않고 부드러운 구릉 형태의 산이다. 이때 등장하던 한 아낙이 갑자기 걸어와서 모습을 드러낸 산을 보고 놀라서 뒤로 넘어진다.

아낙   (고함을 친다) 산이다! 산이 걸어온다. 산이야! 산이 걸어온다. 산이야!

아낙의 고함에 산은 빛을 받으며 그 모습을 드러낸다. 그리고 굉음과 함께 그곳에 자리를 잡는다. 아낙은 그 모습에 실신한다. 뒤이어 백성들이 몰려나온다. 백성들은 갑자기 나타난 산의 모습에 기겁을 하더니 아낙을 부축해 황급히 사라진다.

2

성종의 유모인 백송이의 한양 사가.

평범한 선비 복장으로 변복을 한 성종과 유모 송이가 차를 앞에 두고 마주 앉아 있다. 성종과 송이 사이 뒤편에는 성종의 호위무사인 벌이 가만히 서서 자리를 지키고 있다.

성종   유모의 이야기는 언제 들어도 흥미롭군. 산이 걸어왔다? 사람이 아니라 산이 걷는다? 내 지금까지 숱한 농을 듣고 허언을 들었지만 이만한 얘기는 없었네. 역시 어린 시절 나를 즐겁게 해주었던 유모의 말솜씨는 여전히 녹슬지 않았어. 가히 훌륭하다 하겠어.

송이   황송하옵니다. 하지만 전하, 제가 드린 말씀은 농도 아니요 허언도 아닙니다.

성종   그럼 무엇이란 말인가? 실제로 있었던 이야기로 믿으란 말인가?

송이   예, 전하! 분명히 사실이옵니다.

성종   그럼 묻겠네. 유모가 직접 그것을 보았는가?

송이   그것은 아니옵니다.

성종   직접 보지 않았는데 어찌 믿으란 말인가?

송이   직접 들었사옵니다.

성종   그럼 그 얘기를 처음 만든 이는 따로 있다는 얘기겠군.

송이   어느 누가 만든 게 아니라 직접 본 이로부터 지금까지 전해져 내려오는 이야기입니다. 누군가는 감추고 싶었겠지만 그런다고 감출 수 있는 것이 아니지요. 그곳에선 산이 걸어온 이야기를 모르는 이가 하나도 없습니다. 다만 입 밖에 내고 있지 않을 뿐이지요. 물론 앞으로도 계속 그렇게 조용히 전해져가겠지요.

성종   도대체 그 이야기가 뭐라고 감추고 조용히 전하고 한단 말인가?

송이   사실은 하나이나 그 사실을 보는 이의 생각은 하나가 아니니 그렇습니다.

성종   그 이야기에 뭔가 다른 의도가 숨겨져 있다고 보고 그것을 막으려는 자가 있다는 얘기겠군.

송이   그렇습니다.

성종   그렇다면 그 이야기를 만든 자의 의도가 불순하거나, 그 이야기를 막으려는 자의 의도가 불순하거나, 둘 중 하나가 아니겠느냐? 벌아, 너의 생각은 어떠하냐?

벌   오직 전하의 옥체를 지키기 위해 칼을 드는 제가 어찌 그런 것을 알겠습니까? 제게는 너무 어려운 하문입니다.

성종   괜찮다. 말해 보라. 내 너의 학식과 그 깊이를 모르지 않는다. 어서!

벌   그렇다면 감히 말씀 올리겠습니다. 제 생각에는…….

성종   그 이야기를 만든 자가 문제냐?

벌   아닙니다.

성종 그렇다면 그 이야기를 막으려는 자가 문제라고 생각하는구나. 내 생각에도 그런 듯하구나. 많은 백성들의 입을 통해 전해져 오는 이야기를 막으려는 자의 의중에는 필시 좋지 않은 것이 있기 마련이지.

송이 예, 저의 생각이 그렇습니다.

별 제 생각은 좀 다르옵니다.

성종 달라? 무엇이?

별 저는 그 이야기를 만든 자와 그 이야기를 막으려는 자, 둘 다 불순한 의도를 지니고 있다고 생각하옵니다.

성종 옳거니. 역시 별이구나. 너의 칼만 별처럼 빠르고 매운 것이 아니라 그 생각 또한 가히 별의 매운 맛을 지니고 있구나. 유모의 생각은 어떤가? 별의 말이 꽤 맵지 않은가?

송이 검을 잡았다고는 하나 전하를 모시는 자니 당연히 그 생각 또한 빠르고 정확해야겠지요. 하지만 제가 말씀드린 그 이야기는 아주 오랜 세월동안 대대로 전해져오는 이야깁니다. 오늘날 누가 어떤 의도로 만들어 퍼뜨린 것이 아니옵니다.

성종 유모, 도대체 그 이야기는 어디에서 전해져 오는 것인가? 그토록 오랜 세월 전해져 내려왔다면 이미 들었을 법도 한데 아무리 생각해도 나는 처음 듣는 이야기이니 말이야. 별이 너는 들어본 적이 있느냐?

별 (잠시 머뭇거리다가) 예. 들어본 적이 있습니다.

성종 그래? 이런! 내가 우물 안 개구리였군. 그래, 어디서 전해오는 이야기인가? 두 사람이 알고 있는 곳이 같은가 말해 보라.

송이 달구벌입니다.

벌 예. 저도 그렇습니다.

성종 달구벌? 달구벌이라면 신라가 도읍지를 옮길 뻔했던 곳이 아닌가?

송이 예. 풍수지리학적으로 크게 성장할 땅이라고 들었습니다.

성종 그래, 그렇지. 선대왕이신 세종대왕께서는 곡식을 모아 두었다가 흉년이 되면 굶는 자에게 대여하는 사창제도를 가장 먼저 달구벌에서 시험적으로 실시하셨지. 또한 할아버지이신 세조께서는 달구벌을 도호부로 승격하여 영남내륙 교통의 요지로 삼을 만큼 중요한 곳이기도 하지. 그야말로 그 이름처럼 대구가 아니겠느냐.

송이 한양을 떠나 보신 적이 없는 전하께서 대구가 고향인 저보다 대구를 더 잘 알고 계신 듯하여 부끄럽습니다.

성종 내가 다스리고 나의 백성들이 사는 곳인데 어찌 모를 수 있겠느냐? 잠깐, 유모의 고향이라니? 달구벌 대구가 어찌 유모의 고향인가? 그곳은 지난번에 일이 터졌을 때 잠시 피했던 곳이 아닌가? 유모의 고향은 본디 한양이 아니었던가?

송이 다들 그렇게 알고 있사오나 실은 대구입니다. 달성 인근이지요.

성종 달성? 그 오래된 토성 말이군. 그나저나 태어나서 지금까지 유모를 보아 와서 난 유모의 모든 걸 안다고 생각했는데 오늘 갑자기 지금껏 몰랐던 사실을 알게 되는군.

성종은 앞에 놓인 차를 마시려고 손을 가져간다. 하지만 송이가 막는다. 그러자 벌이 순식간에 칼을 뽑아 송이의 목에 겨눈다.

성종   (벌에게) 지금 무슨 짓이냐?

벌   제 의심이 날로 커져 그렇습니다.

성종   그래도 어찌 유모를 의심하느냐? (송이에게) 이 차를 마셔도 되겠는가?

송이   지금 드시지 말고 좀 더 이따가 드시지요.

성종   차를 내놓고 마시지 못하게 하니 이건 무슨 뜻인고?

송이   아직 뜨겁습니다.

성종   이제 충분히 식은 듯한데.

송이   이 차는 펄펄 끓는 뜨거운 물에 우려내었다가 이렇게 그대로 두어 차갑게 식을 때 단번에 마셔야만 제 맛을 느낄 수 있습니다.

성종   그래? 도대체 이 차가 무슨 차인가?

송이   모차라고 하옵니다. 아직 한 번도 맛보지 못한 차일 것입니다.

성종   그 맛은 어떠한가?

송이   송구스럽게도 아직 저 또한 맛보지 못한 차로 얘기만 들었사옵니다.

성종 이상한 이야기에 맞는 이상한 차로군. 그 맛은 어떠하다고 하던가?

송이 펄펄 끓인 차를 그대로 두어 아주 차갑게 식혀서 마시면 입안에서는 얼음보다 차가운 것이 느껴지다가 목구멍을 넘어갈 즈음이면 서서히 뜨거워지고 마지막 방울이 목을 지날 때면 펄펄 끓었던 처음처럼 뜨거운 기운이 다시 몸속에서 살아난다고 하더이다.

성종 그야말로 기이한 차로군. 이 겨울에 딱 어울리는 차일세. 그렇다면 그 맛을 보기엔 아직 이르다는 뜻인가?

송이 예, 이 방안의 냉기를 모두 담을 만큼 더 차가워져야 하옵니다.

성종 오랜만에 유모 집에 와서 잠깐 차나 한잔 할까 했는데 이거 생각보다 시간이 길어지게 생겼군.

송이 전하와 오래 함께 하고 싶어 어렵사리 구한 차입니다. 차를 기다리는 시간 동안 저의 옛 추억을 들어주시면 안 되겠습니까?

성종 어미가 자식과 함께 하고 싶은 그런 마음이었나 보군. 내가 보위에 오른 지도 벌써 21년, 태어나서 지금껏 산 날을 계산하면 34년이 넘었네. 그런데도 어미의 옛 추억을 살갑게 들어준 적이 없으니 내가 불효를 했군.

송이 전하! 농이 지나치시옵니다.

성종 알았네. 그럼, 어디 유모의 옛 추억을 들어볼까?

송이 보잘것없이 살고 있더라도 처음부터 그랬던 것이 아닌

것처럼 화려하게 살고 있더라도 끝까지 그럴 것이라는 법은 없지요. 이제 와 드리는 말씀이지만 알 수 없는 게 인생이라는 말처럼 전하의 유모인 저의 삶 또한 그랬습니다. 아버지께서는 누명을 쓴 채 돌아가시고 어린 저는 하루아침에 노비가 되었습니다. 왜 안 그렇겠습니까.

성종과 벌이 지켜보는 가운데 송이는 회상에 빠져든다.

3

대구 달성토성.

송이父와 달성대사가 주변을 둘러보며 이야기를 나누고 있다.

송이父 이보게, 달성. 나도 자네의 말에 동감하네.

달성대사 당연하지. 달성토성에는 숨겨진 큰 기운이 있다니까. 그래서 내가 스스로 달성대사라고 부르지 않나. 기운을 받으려고!

송이父 나라를 흥하게 할 기운이지. 오죽하면 신라가 도읍을 서라벌에서 이곳 달구벌로 옮기려고 했겠는가.

달성대사 그렇지. 그때 도읍을 옮겼다면 아마도 신라는 그렇게 무너지지 않았을 거야. 그랬으면 조선은 없는 거야.

송이父 이보게. 달성! 말조심하게.

달성대사 내가 틀린 말을 했나? 신라가 무너지지 않았으면 고려도 없고 고려가 없으면 조선도 없는 것 아닌가?

송이父 생각이 그렇다고 말까지 그러면 되는가? 잘못하다간 역모로 몰리기 십상이네.

달성대사 나 같은 땡중을 누가 잡아가겠나? 자네처럼 견제하는 자들이 있고 따르는 이들이 많은 사람이면 몰라도 말이야.

송이父 아예 나를 잡아가라고 제라도 올리지 그러나?

달성대사 정말 그래볼까? 이런 말은 좀 그렇지만…… 이대로는 안

되네. 누군가 희생을 해야 그 피로 이 달성토성에 숨은 기운이 더 크게 자라서 언젠가는 나라를 움직일 큰 기운을 지닌 아기장수를 태어나게 깨울 걸세.

송이父 아기장수?

달성대사 이 나라의 운명을 바꿀 아기장수지. 왕의 기운으로!

송이父 이보게 말조심하게.

달성대사 자네의 딸 송이가 그 기운을 타고난 걸 모른다고 하진 않겠지?

송이父 여자가 무슨 아기장수인가? 그런 얘기는 들어본 적도 없네.

달성대사 그건 좀 그렇긴 한데. 또 모르지. 그런 시대가 올지. 아니면 지금이 그때인지. 문제는 그 기운이 너무 강하면 오히려 나라를 잡아먹을 기운으로 변할 수 있다는 얘기지.

송이父 걱정 말게. 우리 송이는 그러지 않을 걸세.

달성대사 자네도 믿고 있기는 하군.

송이父 내 의지가 아니라 주어진 운명이란 게 있기는 하겠지.

달성대사 그 운명을 거부하지 말게.

송이父 왠지 끝은 좋지 않을 것 같아서 그러네.

달성대사 그렇다면 좋게 만들어 가면 되지 않겠는가! 내 예감이 맞다면 송이는 분명히 큰일을 해낼 아이야. 나와 자네는 그걸 도와주면 돼.

송이父 욕심을 부리면 화를 당하네.

달성대사 욕심이 없으면 꿈도 이루지 못하네.

송이父   자넨 승려라는 사람이 어찌 그런 말을 하는가?

달성대사   난 땡중일세.

송이父   자네의 그 생각 때문에 어린 송이가 화를 입을까 걱정이 될 뿐이네.

달성대사   주어진 운명의 길을 거부하면 오히려 더 큰 화를 입을 수도 있겠지.

송이父   그래서 어쩌란 말인가?

달성대사   받아들이게. 내가 이미 다 손을 써뒀네.

송이父   자네 진짜 어쩌려고?

달성대사   뭘 어쩌자는 건 없네. 그저 나의 생각과 자네의 생각을 많은 이들에게 알렸을 뿐이네. 난 생각이 세상을 바꿀 수 있다고 생각하니까.

송이父   맞네. 하지만 그 생각 때문에 피를 볼 수 있네.

달성대사   생각만으로?

송이父   그걸로도 충분하지. 나를 눈엣가시처럼 생각하며 노리는 이가 있다는 걸 모른다고 하진 않겠지?

달성대사   한양에 있는 것도 아닌데 뭐 어떤가? 고향 달구벌까지 내려 와 있는 자네를 어찌 하려는 계획이야 세우겠느냐 이 말일세. 어차피 귀양이나 마찬가지이지 않은가!

송이父   아니네. 왠지 불길하네. 그동안 잠잠했던 것이 더 불안해. 그자들은 반드시 싹을 남겨두지 않으려고 할 거야.

달성대사   무슨 묘안은 없나?

송이父   묘안을 짜낸다면 그 또한 역모로 몰리게 될 것이네. 어

찌 됐든 지금 나로서는 그자들의 그물에서 벗어날 순
없네.

달성대사 왜 다 죽은 사람처럼 말을 해?

송이父 그래서 말인데 혹시 나한테 무슨 일이라도 생기면 송이
를 부탁하네.

달성대사 그게 무슨 말이야? 자네 딸은 자네가 키워. 땡중한테 딸
을 부탁하는 사람이 어딨나? 비구니라도 만들라는 건
가?

송이父 자네가 알아서 하게. 이왕이면 그 아이의 뜻을 따라주면
좋겠네.

달성대사 자네의 복수를 하겠다고 하면? 그래도 도와줘? 목숨이
위험한데도?

송이父 송이가 아기장수의 기운을 타고 났다고 하지 않나? 어
련히 알아서 할 것이라고 믿네.

달성대사 무슨 일이 생기면 복수해주기를 바라는 것이로군.

송이父 아니. 나라를 위한 희생의 의미를 아는 진정한 아기장수
가 되기를 바라는 것이네. 그것이 타고난 운명이겠지.

달성대사 뭔 말인지 도통…… 내가 땡중이긴 땡중인 모양이네.

갑자기 군사들이 들이닥친다.

군사들 저자를 잡아라! 역모자다!

군사들은 송이父와 달성대사가 뭐라고 말도 못할 만큼 순식간에
송이父를 포박하고 달성대사는 밀어낸다.

달성대사 이게 무슨 짓이오?
송이父 내가 한 말 잊지 말게. 부탁하네.

군사들은 송이父를 끌고 사라진다. 덩그러니 남은 달성대사는 황망
한 표정으로 달성토성을 돌아본다.

4

한양.

3장으로부터 10년 후. 달성대사와 송이가 서 있다.

달성대사 벌써 10년이 흘렀구나. 아직 복수의 마음을 거두지 못했느냐?

송이 억울하게 돌아가신 아버님의 복수를 어찌 거둘 수 있겠습니까?

달성대사 비록 노비가 되었다고는 하나 너의 목숨을 건진 것만으로도 다행이라 생각하면 안 되겠느냐?

송이 이제 와서 어찌 이러십니까?

달성대사 그래, 이제 돌이킬 수 없겠지. 복수심 때문에 사랑하지도 않는 사내와 혼인해 아이까지 가졌으니…….

송이 그 아이 때문에 저는 저의 꿈을 이룰 수 있을 것입니다.

달성대사 새 생명으로 잃어버린 생명의 원한을 갚겠다? 복수가 어찌 꿈이 될 수 있느냐? 생명이 어찌 수단이 될 수 있느냐? 그리고 그것이 가능할 것 같으냐?

송이 대사님께서 말씀하지 않으셨습니까? 노비인 제가 할 수 있는 일은 왕의 유모가 되어 권세를 얻는 길뿐이라구요. 이제 바라고 또 바라는 것은 그 아기씨가 왕자아기씨여야 한다는 겁니다.

달성대사　분명 사내아이가 태어날 것이다.

송이　그러면 됐습니다. 저는 왕의 유모가 되어 날아가는 새도 떨어뜨린다는 대신들을 저의 발밑에서 벌벌 기게 할 것입니다. 꼭 그렇게 만들겠습니다. 저희 집안을 그렇게 만든 자들을 반드시……

달성대사　네 남편 강선은 어떠냐? 서로의 목적이 같아 혼인하였으니 서로를 이해하고 사랑이 싹틀 수도 있을 것 같은데.

송이　그런 건 모릅니다. 그저 저처럼 복수심에 불타는 처지이니 우리를 천인으로 만든 자들에 대한 복수를 떠올릴 뿐입니다.

달성대사　복수심에 불타면 사랑은 없는 것이냐? 네 남편 강선은 그래도 사랑한 여인이 있지 않았느냐? 복수를 위해 그 여인과 헤어졌지만 그래도 잠시나마 진짜 사랑이라는 걸 해 보았지. 근데 너는……

송이　진짜 사랑이요? 지금 저에겐 사치일 뿐입니다.

달성대사　복수심이 그렇게 큰 것이냐? 아니면 왕의 유모가 되어 권세를 누리고 싶은 것이냐?

송이　아직 먼 얘기입니다. 우선은 유모가 되고 그 아기씨가 왕이 되길 기원해야겠지요.

달성대사　걱정하지 마라. 너의 총명함과 건강함이면 유모가 되는 것에는 문제가 없다. 또한 불교에 심취해 계신 세자빈이시니 나의 추천을 받아주실 것이다. 하지만 큰 고난은 있을 것이다.

송이   예? 세자와 세자빈의 아기씨인데 무슨 고난이란 말씀입니까?

달성대사   그것이야 닥치면 알게 될 터, 풍수와 하늘의 이치를 읽는다고는 그것을 바꾸려고 하면 할수록 더 알 수 없는 곳으로 향하니 나도 자세한 것은 알 수가 없다.

송이   저를 더 불안하게 하시는군요.

달성대사   자신이 없는 것이냐? 지금이라도 마음을 고쳐먹을 생각은 없느냐?

송이   늦었습니다. 저는 제 자식을 아비 복수의 수단으로 삼은 어미입니다.

달성대사   그러니 그 죄를 어찌 갚으려고 그러느냐?

송이   저는 효가 먼저라고 배웠습니다. 그 죄는 다음 생에 달게 받겠습니다.

달성대사   내가 너의 뜻을 막을 힘이 없구나. 뜻대로 하거라. 내가 너를 도울 것이다. 그게 네 아비의 뜻이기도 하니. 하지만 아직도 나는 막고 싶구나.

강선이 허겁지겁 달려온다. 달성대사는 일부러 고개를 돌려 외면한다.

강선   우리 아기가 없어졌소.

송이   예? 그게 무슨 말입니까?

강선   감쪽같이 사라졌단 말이오.

송이　　그게 말이 되는 소립니까?

달성대사　(굳은 표정으로) 이제 어쩔 것이냐?

송이　　괜찮습니다. 젖이 나오니 유모는 될 수 있습니다.

달성대사　그 말을 한 게 아니다. 지금 네 갓난아기가 없어졌다지 않느냐? 근데 넌 지금 이 순간에도 유모가 될 생각뿐이냐?

송이　　아기가 꼭 필요한 어느 어미가 훔쳤다면 제 품에서 크는 것보다 행복하겠지요. 젖이 있어도 남의 자식에게 물리느라 자신에게는 젖 한번 물리지 못할 어미보다야 생판 모르는 남이 남을 수도 있겠지요. 그리고 살아있다면 다시 만날 날이 반드시 오지 않겠습니까? 그때 용서를 구하겠습니다.

달성대사　그런데 세자빈께서는 아기가 없어진 게 아니라 병으로 죽었다고 생각할 수도 있다. 그러니 병에 걸린 아기의 어미 젖을 어떻게 믿겠느냐? 건강을 의심할 수밖에 없겠지.

송이　　그건…….

강선　　걱정하지 마시오. 방법이 있소.

송이　　예?

강선　　아기가 있소. 내 아기가 또 있소.

송이　　그게 무슨?

강선　　한때는 사랑했지만 내가 당신과 뜻을 같이 해버렸던 그 여인이 당신처럼 아들을 낳았소. 그 아기를 데려오면 어떻겠소?

송이　　당장 그렇게 하시지요.

강선 알았소.

송이 그럼 대사님만 믿겠습니다.

송이와 강선은 급히 자리를 뜬다.

달성대사 내가 바꾸려고 해도 바꿀 수 없는 운명이란 게 있단 말인가? 관세음보살.

달성대사는 송이의 뒷모습을 보며 깊은 고뇌에 빠진다.

5

궁궐.

대비, 중전, 만삭인 세자빈이 자리에 앉아 그 앞에 서 있는 송이를 관찰하고 있다. 송이 옆에는 상궁과 궁녀가 서 있다.

상궁 (송이에게) 이름을 아뢰어라.

송이 백, 송이라고 하옵니다.

상궁 종실에서 추천한 여종이온데 금번에 건강한 사내아이를 출산하였습니다.

중전 내의원에서는 뭐라 하더냐?

궁녀 아이와 산모 모두 건강상태가 매우 양호하다고 하옵니다.

대비가 고개를 끄덕이면 궁녀가 송이의 저고리를 벗기고 상궁이 송이의 가슴과 젖의 상태를 확인한다.

상궁 젖의 양도 풍부하고 색이나 맛 모두 양호하옵니다.

궁녀가 송이의 저고리를 다시 입혀준다.

대비 겉으로 보기엔 문제가 없어보이는구나. 돌아 보거라.

송이가 그 자리에서 한 바퀴 돈다. 대비는 그 모습을 보며 고개를 끄덕이더니 중전을 쳐다본다. 중전은 대비에게 미소로 인사하고는 송이를 유심히 쳐다본다.

중전   걸어 보거라.

송이가 한쪽으로 걸어갔다가 다시 돌아온다.

대비   몸이나 걸음걸이 모두 천출답지 않게 기품이 있구나.

중전   그렇습니다. 눈매나 입매도 예사롭지가 않습니다. 천한 기운이라곤 느껴지지가 않으니 참으로 괜찮은 아이입니다. 갓난아기의 성품과 기질은 유모를 닮는다고 했는데 저 정도라면 나무랄 데가 없는 것 같습니다.

대비   그런데 그게 걸리는군. 천인이면 천인다워야 하는데 천인답지 않으니 그 속에 뭐가 있나 헤아리기가 쉽지가 않으니 말이야.

중전   그럴 수도 있겠군요. 그렇게 깊은 것까지 고려하시니 역시 대단하십니다. 저는 미처 몰랐습니다. 그러면 다음 여인을 보시겠습니까?

대비   그러기엔 너무 아깝다는 것이 문제지. 세자빈의 생각은 어때? 유모는 무엇보다 생모의 마음에 들어야 하는 법이니 세자빈이 자신의 생각을 편하게 말해보는 게 어떨까 싶은데.

중전   역시 좋은 생각이십니다.

세자빈   할마마마, 어마마마께서 정해주시면 저는 그대로 따를 것입니다.

대비   언제까지 유모선발식으로 시간을 낭비할 순 없다. 하루 빨리 유모교육에 들어가야 하니, 내명부의 최고어른인 중전이 선택하면 되겠구나.

중전   저 역시 생모인 세자빈이 믿고 맡기고 싶은 여인이라면 그걸로 족합니다.

세자빈   그렇다면 감히 말씀 올리겠습니다.

중전   그래, 어때? 저 여인이라면 믿고 맡길 수 있겠느냐?

세자빈   딱 보는 순간 그리 생각하였사옵니다.

대비   그리 마음에 들었어?

세자빈   예. 지난번에 제가 불공을 드리다가 꿈에서 본 바로 그 얼굴입니다.

중전   (세자빈을 보며) 꿈에서? 세자빈의 불심이 깊다 하더니 실로 신비하구나. 그렇다면 그것은 필시 길몽이다. (대비에게) 이제 더 볼 것도 없을 것 같습니다.

대비   그래. 이만하면 되었네.

중전   (송이에게) 보양청에서 교육을 받기 전까지 세자빈의 아기는 네가 목숨을 걸고 지켜야 할 것이다.

송이   예.

중전   그러니 지금부터 너는 몸단속 입단속에 들어가야 할 것이며 먹기 싫은 음식도 먹어야 한다. 그것은 너를 위한 것이 아니라 아기를 위한 것이다.

송이   예.

세자빈   (송이를 보며 웃는다) 잘 부탁하네.

송이   황송하옵니다.

중전   (상궁에게) 세자빈 아기의 유모 선발이 끝났음을 알리고
나머지 절차를 진행하게.

상궁   예, 중전마마!

상궁과 궁녀가 송이를 데리고 나간다. 대비, 중전, 세자빈도 만족한
표정으로 나간다.

6

궁궐. 어두운 상태에서 세자빈의 힘든 진통소리에 이은 아기의 울음이 울린다. 그리고 세자빈과 상궁, 궁녀의 모습이 실루엣으로 드러난다.

상궁 감축드리옵니다. 왕자아기씨입니다.

세자빈 그래. 역시 달성대사의 예언이 적중했어. 유모를 불러라.

궁녀 예, 마마!

세자빈과 상궁, 궁녀의 실루엣은 사라지고 유모상궁 송이가 모습을 드러낸다. 포대기에 싸인 아기를 안고 있다. 송이 뒤에는 상궁과 궁녀가 서 있다. 아기의 울음이 크게 터져 나온다.

송이 (안고 있는 아기를 달랜다) 왕자아기씨, 또 배가 고프십니까? 좀 전에 이 어미의 젖을 충분히 안 드셨습니까?

상궁 이보시게. 유모상궁. 말을 조심하시게. 어미라니?

송이 틀린 말이 아니지 않소? 그러니 보모상궁은 나를 돕고 따르면 될 터, 나에게 뭐라고 할 입장은 아닌 것 같소.

궁녀 말씀이 지나치십니다.

송이 (궁녀에게) 어허! 감히 누구한테 대드는 것이냐? (아기를 보며) 안 그렇습니까? 제가 누구입니까. 왕자아기씨의 젖어

미가 아닙니까. 유모가 곧 젖어미인데 어미라는 말을 못
할 이유가 무엇이겠습니까? 아니 그렇습니까?

상궁 (송이의 눈치를 보며) 기저귀를 갈 때가 된 것 같으니 제가
하겠습니다.

송이 아니오. 어미가 어찌 진자리 마른자리 가려 눕히는 것을
마다하겠습니까? 비록 잠도 제대로 못 자고 낮밤까지 바
뀌어 정신이 없지만 이리 행복한 적은 없었소. 내 젖을
먹는 왕자아기씨 덕에 호사스런 음식까지 다 먹게 되었
으니 이만한 복이 다시 또 있을까 싶습니다. 내가 알아
서 할 수 있으니 물러나 있으시오.

상궁 이런 복이 언제까지고 계속되지는 않을 수도 있습니다.
그게 바로 궁입니다. (궁녀에게) 가자.

상궁과 궁녀는 나간다. 송이는 상궁의 이야기에 콧방귀를 끼더니
포대기에 싸인 아기를 안고 자장가를 부른다. 갑자기 곡소리 들
려온다. 송이는 영문을 알 수 없어 불안해한다. 상궁이 다시 들어
온다.

송이 무슨 일이오?

상궁 의경세자 마마께서 돌아가시었소.

송이 예?

상궁 이제 상이 끝나고 나면 세조 전하께서는 세자를 새로 책
봉할 것이고 그러면 왕자아기씨는 군이 되니 곧 궁에서

나가 사가에서 지내게 될 것이오.

송이 어찌…… 어찌…… 그럴 수 있단 말입니까?

상궁 한 치 앞을 알 수 없는 곳이 궁이라 하지 않았소?

송이 왜 이런 고난이…….

상궁 이겨내기만 한다면 고난이 컸던 만큼 큰 기쁨을 누리게 될 곳도 궁이오.

송이 예. 그래야지요. 반드시 그래야지요. (아기를 보며) 왕자아 기씨, 어떤 일이 있어도 강하게 버티셔야 합니다. 이 젖 어미가 목숨을 걸고 지켜드리겠습니다.

송이는 구슬픈 자장가를 부른다. 상궁은 나가려다가 그 모습을 지켜본다.

7

성종의 유모인 백송이의 한양 사가. 선비 복장으로 변복을 한 성종과 송이가 차를 앞에 두고 마주 앉아 있다. 성종과 송이 사이 뒤편에는 성종의 호위무사인 벌이 가만히 서서 자리를 지키고 있다. 2장에서 이어지는 장면이다.

성종   여기서부터는 나도 기억하는 이야기가 되겠군. 내가 비록 양자로 입적되어 왕이 되었지만 돌아가신 아바마마를 잊을 순 없네. 내가 태어나고 채 두 달도 되지 않아 돌아가셨으니 얼굴도 알 수는 없지만 그 얼굴을 그리며 원망도 많이 하였지. 왜 어머님과 나를 남겨두고 먼저 가셨는지 말이야. 그 때문에 결국 궁 밖 사가에서 힘들게 지냈으니까.

송이   하오나 그 생활은 그리 길지 않았습니다. 고난이라고 할 것도 없지요.

성종   그래, 맞네. 할아버지이신 세조 전하께서 나와 어마마마를 위해 덕수궁까지 지어주시지 않았는가.

송이   세조 전하의 사랑과 배려가 대단하셨습니다. 마마의 아버님께서도 그 즈음 돌아가셔서 마마의 상심이 무척이나 컸던 걸 잘 알고 계셨지요. 그래서 궁에서 나가지 않아도 된다고도 말씀하셨었지요.

성종   하지만 어마마마께서 어디 그러실 분인가? 하긴 그래도 어마마마의 그런 성정 덕분에 내가 지금 왕위에 오른 것이겠지.

송이   그렇사옵니다. 그래서 저 또한 봉보부인이라는 영광을 누리게 되었지요.

성종   유모의 봉보부인 책봉식이 기억나네. 내가 왕위에 오른 직후니 고작 열세 살일 때였군. 섭정으로 인하여 왕이지만 왕이 아닌 시기였지. 참으로 견디기 어려운 시기였네. 유모는 어땠나? 그때가 좋았나?

무대 한편에서 봉보부인 책봉식이 치러진다. 과거 세자빈이었던 인수대비가 웃으며 등장하면 송이가 예를 갖춘다. 뒤이어 악사들, 상궁, 궁녀가 예를 갖출 수 있도록 돕는다. 송이가 인수대비에게 예를 올리고 난 후, 인수대비와 상궁, 궁녀는 나간다. 악사들도 뒤따라 나간다.

송이   천인 출신이 종1품 봉보부인에 오른다는 건 기적에 가까운 일이다 보니 다들 부러워하였지요.

성종   좋았겠군.

송이   제가 바란 것은 따로 있었으니 진짜 제 일은 그때부터가 겨우 시작일 뿐이었습니다.

성종   봉보부인이 끝이 아니라 시작이라? 꿈이 크다고 해야 할지, 욕심이 크다고 해야 할지 도통 모르겠군. 그래서 유모의 진짜 일은 이루었나?

송이 그게 참으로 어려운 일이더이다.

성종 남을 해하는 복수가 원래 그런 법이지.

송이 전하! 알고 계셨습니까?

성종 대신들과 각을 세우고 그리 싸우는데 눈치를 채지 않을 수 없었지.

송이 그때마다 저를 옹호해주셔서 늘 감사하게 생각하고 있었사옵니다.

성종 그야 당연한 일이 아닌가? 자식이 어찌 어미의 잘못을 나무라고 뭐라고 말할 수 있겠는가.

송이 전하! 말씀을 거두어주십시오. 어미라니요?

성종 젖어미는 어미가 아닌가? 그래서 유모라고 하지 않겠는가. 일찍이 세종대왕께서 어찌하여 유모를 그리 챙겼는지 나도 잘 알고 있네. 내가 곧 그러하기 때문이지. 벌아, 그러하지 않느냐?

벌 예. 전하께서 보위에 오를 수 있었던 것은 인수대비 마마와 전하의 장인이셨던 한명회 공과 신숙주 공의 역할 때문만은 아니었음을 저 또한 모르지 않습니다.

성종 그렇다. 유모가 없었다면 어찌 내가 있었겠는가?

송이 전하! 황송하옵니다. 이런 은혜도 모르고 제가 그동안 전하께 많은 누를 범했사옵니다.

성종 나도 한때는 그것이 누라고 생각한 적이 왜 없었겠는가? 하지만 돌이켜보면 유모의 위치에서는 어쩔 수 없었던 일이라 생각하네. 나무가 가만히 서 있고 싶다고 그렇게 되겠는가? 비가 오면 젖고 바람이 불면 흔들릴 수밖에 없었겠지.

송이 전하! 사실을 고하자면 저 스스로 흔들린 적도 있었습니다. 이 유모를 죽여주십시오!

성종 어찌 자식이 어미를 죽인단 말인가?

송이 전하!

성종 가슴에 숨겨둔 얘기가 있다면 더 해보게. 나도 이제 내 얘기를 풀 테니.

송이 예.

송이는 다시 회상에 젖어든다.

8

유모 송이의 한양 사가.

송이가 자리에 앉아서 청탁을 위해 들어온 패물 등을 둘러보고 있다. 송이의 남편 강선이 아들 강석과 함께 들어온다.

강선 오늘은 어제보다 곱절은 더 들어온 것 같습니다.

강석경 어머니, 이러다간 정승이 부럽지 않을 것 같습니다.

강선 정승 그까짓 거 쥐도 안 한다. 봉보부인이 계신데 정승은 무슨!

강석경 그건 그렇습니다. 아버지.

강선 (송이를 보며) 부인, 왜 그러시오? 뭐가 불만이신 게요?

송이 (강선을 보더니) 아직도 부족하시오?

강선 예?

송이 당신의 친척들까지 모두 면천되었고 이 많은 재산에 당신과 석경이는 관직에도 올랐습니다. 그런데도 아직 부족하십니까?

강선 관직은 높을수록 좋고 재산은 많을수록 좋은 법이지요.

강석경 예, 어머니. 아직도 갈 길이 멉니다.

강선 당신도 하고자 하는 일이 있지 않소?

송이 복수요? 당신은 그 복수를 이미 이루지 않았습니까?

강선 예. 하지만 이제 복수보다도 더 큰 걸 이루고 싶습니다.

송이 그게 무엇입니까?

강선 이 권세를 끝까지 누리는 거지요. 그리고 아직 못 다 이룬 당신의 복수도 있지 않습니까?

송이 그게 쉬운 일이 아닙니다. 봉보부인이라고 한들 나라를 쥐고 흔드는 대신들의 위세에 대적할 바는 아니지요.

강선 그러니 당신 집안을 모함해 몰락시킨 대신들을 없애려면 더 큰 힘을 키워야지요.

강석경 어머니께서 주상전하께 말씀을 잘 해주시면 제가 그 복수에 더 큰 힘을 보탤 수 있을 겁니다.

송이 그 관직으로도 부족한 것이냐?

강석경 이게 어디 저 때문에 그러겠습니까? 어머니의 복수를 이루려면 더 큰 힘을 가져야만 합니다.

송이 더 이상 높은 관직은 무리가 있다. 대신들의 반발이 이만저만이 아니야.

강선 그러니 돈으로 대신들을 포섭해야지요. 봉보부인의 위세에 돈까지 더한다면 어느 누군들 우리 쪽으로 넘어오지 않겠습니까.

송이 그래서요?

강선 엄청난 권세로 당신의 집안을 몰락시킨 대신들을 결단내야죠.

송이 그 단단한 틀을 깰 수 있을까요?

강선 그러니 우리가 더 강해져야죠.

송이 만약 그 복수에 성공한다면 그런다면 그 다음에는 어떻게 되는 겁니까?

강선 그 다음엔…… 그 다음엔…… 갑자기 왜 이러십니까? 왜 이렇게 약한 소리를 하십니까? 저를 처음 만났을 때 한 말은 다 잊으신 거요?

송이 아니요. 하나도 잊지 않았습니다.

강선 그런데 왜 그러시는 겁니까?

송이 갑자기 모든 게 덧없다는 생각이 듭니다. 전하는 그렇게 저를 보호하고 편을 들어주시는데…….

강석경 유모라도 어머니는 어머닌데 당연하죠. 제가 못 먹은 젖을 다 드셨으니 저한테는 누구보다도 더 잘해주셔야죠.

송이 하지만 홍문관 부제학의 반대가 심하고 상소가 연일 끊이질 않는다고 하지 않더냐.

강선 내가 부제학은 어떻게 해보겠소.

송이 관두시오. 괜히 긁어 부스럼이 될 겁니다. 올곧은 이라 돈이나 관직으로 그를 매수할 순 없습니다.

강선 돈 싫고 관직 싫다는 이도 있다니 참 세상 오래 살고 볼 일이오.

송이 그래도 전하 곁에 그런 충신이 있다는 건 반가운 일이지요.

강석경 어머니, 우리만한 충신이 또 어디 있습니까? 가족과도 같은 충신이지 않습니까?

송이 석경이 너는 전하를 위해 목숨을 내어놓을 수 있겠느냐?

강석경 예?

송이	그리 할 수 있겠느냐?
강석경	전하를 위해 목숨을 내어놓을 이는 많은데 굳이 저까지 그럴 필요가 있겠습니까?
송이	그게 인간이다.
강선	그렇다고 해서 홍문관 부제학이 그런 인물 같소?
송이	그럼, 아니란 말입니까?
강선	제가 알아본 바에 의하면 부제학은 당신이 복수하고 싶은 그자의 조종을 받고 있는 듯싶소.
송이	그럴 리가…….
강선	돈이나 관직 때문은 아니라고 해도 결국은 원수를 돕는 개일 뿐이죠.
강석경	어머니, 믿을 건 이 권세뿐입니다.
강선	할 수 있을 때 해야 할 일입니다. (노비들을 부른다) 거기 있느냐? 와서 이 물건들을 모두 정리하거라.
강석경	그리고 다음 손님을 드시라 하거라!

노비들이 대답하며 나오더니 패물들을 정리해서 나간다.

송이	오늘은 그만 쉬고 싶습니다.
강선	그럼 나머지 손님은 제가 맞이하겠습니다.

송이는 자리에서 일어나 나간다.

9

궁궐.
대신1, 대신2, 부제학이 성종 앞에 와 있다.

성종 이미 끝난 얘기를 또 하자고 찾아온 것인가?

대신1 전하! 민심을 못 들은 체 하시면 아니 되옵니다. 통촉하시옵소서!

성종 민심? 그대의 입으로 민심이라 했는가?

대신1 예?

성종 민심을 그리도 잘 아는 분이 그대에 대한 소리는 듣지 못한 모양이오?

대신1 무슨 말씀이신지……?

성종 왕보다 더 오랫동안 권세를 누리며 여러 왕을 거느린다는 소리는 정녕 듣지를 못하였소?

대신1 전하! 제가 감히 어찌 왕을 거느린다는 말씀입니까? 그 말씀 거두어주십시오!

성종 짐이 한 말이 아니오. 그런 소리를 들은 적이 있다 하였을 뿐이오.

대신2 전하! 저잣거리에 떠도는 그런 뜬소문에 현혹되지 마시옵소서!

성종 뜬소문? 그 뜬소문엔 그대의 얘기도 있더군.

대신2	예?
성종	새로이 권세를 누리려고 애를 쓰다가 어쩔 수 없이 기존 권세와 손을 잡았다고 하던가. (대신1을 보며) 손을 잡으시었소?
대신1, 2	전하! 천부당만부당 하신 말씀이옵니다.
성종	(부제학에게) 부제학, 그대도 처음 들은 얘기인가?
부제학	(대신들이 쳐다보는데도 신경 쓰지 않으며) 아니옵니다. 들어보았습니다.
성종	오직 그대만이 바른 말을 고하는군.
부제학	하오나 들으신 그대로는 아니라고 판단되옵니다.
성종	어째서?
부제학	누군가 어떤 의도를 가지고 말을 만들어 소문을 퍼트리지 않고서야 어찌 은밀하게 이루어졌을 그런 일들이 저 잣거리에 떠돌 수가 있겠습니까? 이는 분명 불순한 자들의 계략이라 사료되옵니다. 그것이 아니라면 저는 개가 되옵니다.
성종	부제학이 개라니?
부제학	새롭게 떠도는 얘기 중에는 제가 돈과 관직은 마다하면서 노대신의 개가 되어 충성을 바친다는 얘기도 있사옵니다.
성종	짐이 그대의 충정을 모르지 않는데 누가 그런 말을 한단 말인가?
부제학	직접 확인하지 못한 바 이 자리에서 말씀을 올릴 수는

없사옵니다. 다만, 봉보부인의 위세가 하루가 다르게 하늘을 찌르니 그것만은 막아주시옵소서.

대신1, 2 통촉하여주시옵소서!

성종 부제학, 짐이 다른 것이라면 몰라도 어찌 유모인 봉보부인을 벌하겠는가? 시샘을 하는 자들이 만든 얘기일 것이니 이해하게.

부제학 오늘도 상소들이 끊이질 않고 있사옵니다.

성종 반면에 봉보부인의 공을 칭찬하는 상소도 그만큼 올라오고 있다는 것은 왜 얘기하질 않는 것인가?

부제학 그것은…….

성종 모든 일을 파악하고 사리를 구별하는 데에는 균형이 필요한 법! 한쪽의 얘기만 듣고 내가 봉보부인을 내칠 수는 없소. 그리들 알고 그만 물러가시오!

대신1 그러다 큰 후환이 생길까 저어되옵니다.

대신2 그러하옵니다.

성종 짐이 아니라 그대들이 그런 것 같소.

대신1, 2 예?

성종 뭐가 아쉬워 봉보부인을 시기하고 한편으론 두려워하는 것이오? 거기엔 무슨 연유가 있는 것이오?

대신1 연유라니요? 당치 않은 말씀이시옵니다.

성종 그러면 됐소. 봉보부인에 관해선 그대들이 알 바가 아니오! 그러니 그만들 물러가시오.

부제학 그러시면 소신, 관직에서 물러나겠습니다.

성종   무슨 말인가?

부제학   홍문관의 부제학인 자로 홍문관의 숱한 상소를 전하께 올리면서도 사실을 제대로 전하지 못해 전하의 눈을 흐리게 한 불충이 있으니 더 이상은 이 자리에 있을 수 없사옵니다. 청하옵건대 저의 불충을 벌하시옵소서!

성종   그대를 벌하라는 건 봉보부인의 죄를 인정하라는 것이 아닌가? 아니면 직언을 고하는 부제학을 잃든가…….

부제학   수많은 상소와 증좌들을 모른 척하지 말아주십시오!

성종   알았네. 봉보부인을 한양에서 멀리 내쳐 그와 같은 비리의 끈을 자르겠네. 그리하면 되겠는가? 그래도 젖어미인데 유교를 섬기고 효를 지켜야 할 왕이 어미를 벌할 수는 없지 않겠는가! 이만하면 되겠는가?

부제학   성은이 망극하옵니다.

대신1, 2   성은이 망극하옵니다.

성종   이제 얻을 것 얻었을 테니 그만들 물러나게.

대신1, 대신2, 부제학은 성종에게 예를 갖춘 후 나간다.

성종   벌아! 벌아!

뒤에 숨어 있던 벌이 나온다.

벌   예! 전하!

성종 너는 어찌 생각하느냐? 지금 내가 어미에게 벌을 내린 것이냐? 어미한테 벌을 내려도 되는 것이냐? 네 이름이 벌이니 벌에 대해선 누구보다 잘 알 것이 아니냐?

벌 그 벌을 뜻하는 이름이 아니오라 저는 잘 알지 못하옵니다.

성종 그래, 네 이름은 이런 벌도 아니고 꽃을 찾는 벌도 아니라고 했지. 넓은 벌, 그 벌이었지. 헌데 너는 넓은 벌에 나서지 못하고 이렇게 나의 그림자가 되어 있는 듯 없는 듯 살고 있구나.

벌 저의 운명이 아니겠습니까.

성종 운명? 운명이라…… 그런 게 있다면 궁금하구나. 앞으로 이 나라 조선은 어떻게 될지, 앞으로 나는 어떻게 될지. 하긴 그걸 모두 다 알고 살아간다면 세상을 무슨 재미로 살겠느냐? 오히려 더 무서울 것 같다는 생각도 드는구나. 끔찍하겠어. 뻔히 아는 세상을 산다는 것도…….

벌 뻔히 알고 있으면서도 참아야 한다면 더욱 그러하겠지요.

성종 네가 내 마음을 읽고 있구나.

벌 저 또한 다르지 않사옵니다.

성종 너는 무슨 고민으로 그러하냐?

벌 …….

성종 네가 나보다 비밀이 더 많은 걸 내가 잠시 잊고 있었구나. 오늘은 술이나 한잔 해야겠다. 날 낳아준 어미는 너무 강해서 무서워 가까이 하기 힘들고, 한 어미는 법모

일 뿐이니 명분뿐인 어미라 정이 가지 않고, 나를 키운 어미는 모두들 멀리 하라 하니…… 어미 많은 자의 불행이 이렇게 클 수가 있을까.

벌 어미가 없는 자의 불행보다는 나은 것이 아니겠습니까.

성종 그도 그럴 수 있겠구나.

성종은 답답한 듯 한숨을 내쉰다.

10

대구 달성토성.

유모 송이가 거닐고 있다. 그 뒤를 강선과 강석경이 따르고 있다.

송이   요즘처럼 이렇게 마음이 편한 것이 얼마만인지 모르겠습니다.

강선   부인께서는 귀양생활이 좋다고 하시는 겁니까?

송이   귀양은 아니지요.

강석경 다를 바 없지요. 우리가 먼저 쳤어야 하는데 선수를 빼앗겼습니다.

송이   이렇게 있는 것이 어쩌면 모두가 편한 길일 수도 있습니다.

강선   문제는 여기에서 그치지 않을 거란 겁니다.

송이   예?

강선   기회를 잡았는데 우리를 살려 두지는 않을 겁니다.

송이   유모를 그런 적은 없습니다.

강석경 어머니는 몰라도 아버지와 저는 목숨을 보장할 수 없습니다. 이미 원로대신들의 물밑작업이 시작되었습니다.

강선   당신 집안이 겪은 것과 같은 방법으로 우리가 몰살될 수도 있습니다.

강석경 하여 가만히 있을 수는 없기에 제가 손을 써두었습니다.

개죽음을 당할 수는 없지 않겠습니까?

송이 그게 무엇이냐?

강석경 대신들 중에서 저희를 돕겠다는 이가 있습니다. 대신에 저희도 그에 상응하는 일을 해야 합니다.

강선 위험하지만 어쩔 수 없는 마지막 선택입니다.

송이 혹시……?

강선 예. 뒤엎는 겁니다.

송이 그건 역모요.

강선 성공하면 아니지요. 어찌 순리대로만 왕위가 이어지겠습니까? 지금 전하도 마찬가지가 아닙니까.

강석경 우리가 살고자 하는 일입니다. 어머니의 결심이 필요합니다.

송이 왕의 유모가 어찌 왕을 배신한단 말이냐? 그럴 수 없다.

강석경 먼저 배신을 하고 우리를 내쳤는데 가만히 당할 수는 없습니다. 뜻을 함께 하는 이들에게 이미 재산을 내어주고 닿고 있는 세력들은 모두 규합했습니다. 어쩌면 지금쯤이면 모든 일이 성사되었을 수도 있습니다.

강선 멀리서 손 안 대고 코를 푸는 일이 아니겠습니까?

송이 당장 그만 두시오!

강선 이미 늦었고. 결과를 기다리는 일만 남았습니다.

송이 유모가 자신이 키운 아기를 해할 수는 없소.

강선 해할 일은 없습니다. 단지 자리에서 물러나게 하고 우리를 지지해줄 대신들이 내세우는 새 왕을 섬기면 그뿐입니다.

송이　그것은 아니 될 일이오.

강선　그러면 여기서 그 오랜 시간을 견디며 이루려던 복수의 꿈을 접으시겠소? 부인이 지금까지 왜 이렇게 굴곡진 생을 살았는지 잊으시었소?

송이　그래도 자식을 팔아 어미가 사는 법은 없소.

강선　왕이 어찌 부인 자식이오? 부인은 자식에게 극존대를 하고 자식은 어미에게 하대를 한단 말이오? 왕은 부인이 모셔야 할 사람일 뿐이오!

강석경　그리고 이제 우리가 모실 왕을 바꿀 때입니다. 다 차려 놓은 밥상에 숟가락만 올려놓으면 되는 일이지요.

송이　알았다. 단, 어떤 일이 있든 내가 젖을 먹여 키운 전하의 목숨은 지켜야 한다.

강선　이미 그리 약조를 하였소. 우리야 그저 지켜보고 있으면 될 일이오.

갑자기 벌과 군사들이 들이닥친다.

벌　대역 죄인이다! 모두 잡아라!

군사들은 송이, 강선, 강석경을 포박한다. 뒤이어 벌이 나타난다.
벌은 군사들이 포박한 송이를 풀어준다. 군사들은 송이와 벌을 남겨두고 포박한 강선과 강석경을 데리고 나간다.

벌   어찌 그리하셨습니까?

송이   (무릎을 꿇는다) ······.

벌   전하를 믿지 못하셨습니까? 어미가 어찌 그럴 수 있습니까?

송이   내가 어찌 감히 어미라 하겠는가?

벌   죄를 인정하시는 겁니까?

송이   내가 무슨 할 말이 있겠나?

벌   (칼을 꺼낸다) 제 칼을 받으실 준비는 되셨습니까?

송이   의금부에 압송되어 전하께 누가 되지 않게 여기서 끝내주면 더할 나위 없이 고맙겠네.

벌   더 할 말씀은 없으십니까?

송이   한 가지 더 부탁한다면 자결할 수 있도록 해주는 것이네.

벌   예?

송이   내가 스스로 목숨을 끊는 것이 그나마 전하의 역사를 더럽히지 않는 길이라고 생각하네.

벌   (칼을 집어넣는다) 일어나시지요. 전하께서는 봉보부인이 자결하려 한다면 모든 일을 멈추라고 명하셨습니다. 그리고 한양으로 모시고 오라고 하셨습니다.

송이   어찌······? 사약을 내리거나 귀양을 보내도 모자를 판에 오히려 한양으로 오라고 하시다니? 직접 벌을 내리시겠다는 것인가?

벌   그러실 수도 있겠지요. 그게 아니라면 어린 나이에 왕위에 오르셔서 섭정을 겪으셨으니 세상 일이 스스로의 의지로 되지 않음을 누구보다도 잘 아셔서 내린 결단이시 겠지요.

송이 그래서 자네를 보내셨군.

벌 어쨌든 이 일은 이제 여기서 영원히 묻힐 겁니다. 하지 만 저는 결코 묻지 않고 기억할 겁니다. 그리고 봉보부 인을 지켜보겠습니다. 누가 뭐라고 한들 저에게는 죄인 이 분명하니까요.

송이 그대가 진정 전하의 사람이군. 앞으로 또 다시 어떤 일 이 벌어지면 그때는 그 칼이 칼집에서 쉽게 내버려 두지 말게!

벌 가시지요.

송이는 벌을 따라 나선다.

11

궁궐.

김 내관이 조용히 성종 앞으로 온다.

김내관 모두 물렸나이다.

성종 어찌 되었느냐?

김내관 전하의 예상대로였고 그래서 어명대로 거행하였나이다.

성종 이 일은 절대 누설되어서는 아니 될 것이다. 봉보부인과 관련된 것은 아무것도 없는 것이다. 어디까지나 그 일은 내가 직접 처리할 터!

김내관 예, 전하. 이미 조금이라도 연루된 자는 이 세상에 없으니 걱정하실 일이 아니옵니다.

성종 나는 믿고 싶구나. 아니 믿는다. 하지만 세상에 절대적 믿음이란 결코 없다는 것 또한 잘 안다. 이 얼마나 웃긴 일이냐?

김내관 고정하시옵소서!

성종 믿었었다. 절대로 어미가 자식을 버리거나 죽이지는 않는다는 것을. 유모라고 하여 어찌 어미가 아니겠느냐! 자식이 어미를 믿지 못하면 누굴 믿는단 말이냐.

김내관 세상이 수상하니 별 일이 다 있겠지만 그래도 전하의 옥체에 변고가 없으시니 저는 그저 전하의 명에 따르고 생각하라는 대로 생각할 뿐입니다.

성종 　김 내관은 혹시라도 봉보부인의 진심을 의심해 본 적이 있느냐?

김내관 　저는 어떠한 일이 있어도 전하의 생각만을 따릅니다. 전하가 믿으라 하시면 믿고 버리라고 하시면 버릴 뿐입니다.

성종 　김 내관의 생각이란 것은 없는가?

김내관 　제 생각을 내세우고 제 의지로 행한다면 그것은 전하에 대한 역모이옵니다. 궁에 들어오는 그 순간, 저의 자유의지는 모두 버렸습니다. 전하의 생각이 곧 저의 생각임을 한시도 잊은 적이 없사옵니다.

성종 　이 자리가 참으로 서글프구나. 바른 길이라고 하여 곧이곧대로 직언만을 하는 신하도 싫고, 입에 바른 소리만 하는 신하도 싫고, 나의 생각만을 따른다며 내 말을 되풀이하는 신하도 싫구나. 이것은 마치 어미가 셋인 나의 운명과도 같구나.

김내관 　전하…….

성종 　믿을 신하도 의지할 신하도 없는 내가 기댈 사람은 어미뿐인데. 남들은 하나뿐인 어미가 셋이나 있지만 그 중 어느 어미도 나를 진정으로 감싸 안아주지를 않는구나. 어미 셋 중에서 가장 믿고 의지한 어미마저 이렇게…….

김내관 　전하! 넘어가기로 하고 믿기로 하셨으면 끝까지 그리 하시는 게 옥체를 다치시지 않는 길이옵니다. 또한 그것이

왕이기 전에 한 사내로서의 배포가 아니겠습니까?

성종 허허! 내가 김 내관한테서 사내의 길을 배우다니 재밌구나. 김 내관이 드디어 자신의 생각을 말하는군. 이제야 내가 사람과 말을 섞는 것 같구나.

김내관 죄송하옵니다, 전하!

성종 아니야. 결단을 내려놓고 다시 의심하고 머뭇거리는 내가 한심해서 그런 것이네. 마음 쓰지 말게. 앞으로는 이렇듯 김 내관의 생각을 말해주게. 나의 마음을 읽고 알아서 움직이는 진정한 신하가 되어주게.

김내관 예, 전하! 분부 받자옵겠습니다.

성종 고맙네.

김내관 오늘은 일찍 침소로 드시지요. 옥체에 이상이 생길까 저어되옵니다.

성종 그래, 짐이 오늘은 심히 피곤하구나. 오늘은 일찍 잠자리에 들어서 아주 늦잠을 좀 자 봐야겠다.

김내관 듣던 중 가장 반가운 말씀이옵니다. 가시지요.

성종은 김 내관의 안내를 받으며 나간다.

12

궁궐.

밤. 김 내관이 불안한 듯 주위를 서성이고 있다. 대신1이 조심스럽게 나오더니 김 내관 앞에 선다.

대신1 이렇게 야심한 시각에 무슨 일인가? 퇴청까지 미루게 한 이유가 있는가?

김내관 예.

김 내관은 주위를 살피더니 대신1에게 귓속말을 한다.

대신1 (깜짝 놀라며) 그게 정말인가? 그것을 어찌 그냥 넘어간단 말인가? 김 내관이 나한테 이런 얘기를 한 것은 어심이 그러하시다는 거겠지? 이제 선대왕처럼 나와 함께 하려는 것이 아니겠는가. 자네는 절대로 스스로 생각을 해서 행동에 옮길 사람은 아니지 않나?

김내관 더 이상 드릴 말씀은 없습니다.

대신1 무슨 말인지 잘 알았네. 이번 일을 계기로 왕권은 강화하고 외척세력은 배척하여 구관이 명관임을 입증해야겠네. 그럼.

대신1은 조용히 나간다. 김 내관은 대신1이 자리를 뜨는 것을 확인하고 나서 반대편으로 자리를 옮기더니 주위를 둘러보며 살핀다. 잠시 후, 대신2가 조용히 모습을 드러낸다.

대신2 이렇게 나를 부른 이유가 무엇인가? 김 내관이 이렇게 조용히 부르니 무슨 큰일이 아닌가 걱정부터 앞서는군. 그럴 만한 일이 있는가?

김내관 예.

김 내관은 주위를 살피더니 대신2에게 귓속말을 한다.

대신2 (깜짝 놀라며) 그게 사실인가? 그것은 그냥 넘어갈 수 있는 일이 아닌데? 김 내관이 나한테 이런 얘기를 한 것은 어심이 나를 포함한 새로운 신료들에게 힘을 실어주시겠다는 뜻이겠지. 자네는 절대로 혼자서 행동에 나설 사람은 아니지 않나?

김내관 더 이상 드릴 말씀은 없습니다.

대신2 무슨 뜻인지 잘 알았네. 이번 일을 계기로 왕권은 강화하고 외척세력은 배척하여 구관은 썩고 신관이 명관임을 입증해야겠네. 그럼.

대신2는 조용히 나간다. 김 내관은 대신2가 자리를 뜨는 것을 확인하고 나서 참았던 거친 숨을 몰아쉰다.

김내관 (왕의 침소를 보며) 전하! 전하께오서 오늘 처음으로 진심으로 저를 칭찬하였나이다. 지금껏 저는 저의 생각을 닫고 살았사오나 그것이 충심이 아님을 오늘에야 알았습니다. 전하를 옭아매고 있는 수많은 근심들을 단번에 잘라내고 왕권을 바로 세울 수 있도록 알아서 보필하는 것이야말로 진정 신하된 자의 도리임을 바보처럼 몰랐습니다. 그동안 어심을 제대로 읽지 못한 소신을 용서하십시오! 이제 그 잘못을 바로잡기 위해 신이 최선을 다하겠나이다. 오직 신만이 전하를 지키겠사옵니다.

김 내관은 왕의 침소를 향해 예를 갖춘 후 나간다.

13

유모 송이의 한양 사가.

강선이 대신1과 대신2와 무엇인가 속삭이더니 그들을 배웅한다.

송이는 그들에게 인사하지 않은 채 돌아 서 있다.

강선   이제 다 되었소. 결단을 내리시오!

송이   그 전에 하나만 묻겠습니다. 아직도 미련을 버리지 못하였소?

강선   복수심만 있을 뿐이오.

송이   그 때문에 아들까지 잃었지 않습니까.

강선   그래서 더욱 그러하오. 부인과 나는 살아남았지만 석경이는 고초를 견디다 못해 병사했소. 우리마저 죽는 건 시간문제요.

송이   그렇겠지요.

강선   그러니 어서 결단을 내리시오!

송이   대신들이 우리를 엮어서 음모에 빠뜨리려는 것일 수도 있다는 걸 모르시겠습니까?

강선   나는 지금 그것까지 생각할 겨를이 없소.

송이   또 다시 역모에 가담하는 건 죽음입니다.

강선   어차피 가만히 있어도 죽은 목숨입니다. 언제까지 우리를 내버려 둘 것 같소? 대신들과 손을 잡읍시다. 정녕 모른 척 하시겠소?

송이 저들이 원수인데 원수와 손을 잡으라니요? 나는 저들을 없애는 게 우선입니다.

강선 모든 일에는 순서가 있소. 어찌 단번에 모든 걸 해결할 수 있겠소?

송이 알겠습니다. 저들에게 그리 하겠다고 전해주시오.

강선 전하는 언제 만나시겠소?

송이 궁은 위험하니 이곳에서 거사를 치르지요.

강선 여기서요?

송이 제가 기별을 넣겠습니다. 그러면 전하께서는 호위무사 벌만 데리고 이곳에 오시겠지요.

강선 의심하지 않으시겠습니까?

송이 의심을 하면서도 믿으시겠지요. 그것이 어미와 자식의 사이가 아니겠습니까.

강선 그건 그러하오. 근데 어떻게……?

송이 어떠한 흔적도 남지 않고 누구도 의심하지 않을 방법이 지요. 대신에 저의 뜻과 함께 한다는 약조를 문서로 받으셔야 합니다.

강선 그들이 그렇게 할까요?

송이 저부터 그렇게 한다면 따르겠지요.

강선 목숨이 위험할 수도 있습니다.

송이 어차피 이건 처음부터 목숨을 걸고 하는 일입니다. 이왕 결단을 했으니 한 치도 머뭇거려서는 안 됩니다. 진심을

알아줄 거라고 자신은 떳떳하다고 주장해본들 기다리는
건 죽음뿐입니다. 제 아버님처럼요. 어서 움직이세요.

강선   알았소.

강선은 급히 나간다. 송이는 아버지의 죽음을 떠올린다. 송이의 회
상을 따라 군사들에게 끌려나오는 송이父의 모습이 보인다. 그 뒤
편에 대신1도 나온다.

송이   아버지!

송이父는 송이를 보며 옅은 미소를 짓는다. 군사들의 칼이 송이
父의 몸을 휘젓고 지나간다. 그대로 쓰러지는 송이父. 송이는 그
모습을 다시 보며 주저앉는다. 뒤편에서 대신1이 웃고 있다. 군사
들은 죽은 송이父를 끌고 나간다. 대신1은 통쾌한 표정을 지으며
나간다.

14

유모 송이의 한양 사가.

평범한 선비 복장으로 변복을 한 성종과 유모 송이가 차를 앞에 두고 마주 앉아 있다. 성종과 송이 사이 뒤편에는 성종의 호위무사인 벌이 칼을 꺼내 송이 목에 겨눈다.

성종 그래서 나를 죽이려는 역모에 가담했다는 것이 사실인가?

송이 역모는 맞으나 처음부터 해하려는 것은 아니었지요.

성종 그게 도대체 무슨 말인가?

송이 새 왕을 세우려는 세력들은 폐위를 꿈꾸고 있었습니다. 자신의 부인도 내치고 자신마저 내쳐지는 모습을 생각하며 즐거워했던 것 같습니다. 하지만 제 생각은 달랐습니다.

성종 어떻게?

송이 전하를 죽여야 한다고 말했습니다.

성종 유모!

송이 그들의 생각을 따른다면 그들의 뿌리까지 뽑기도 힘들 뿐만 아니라 역사에 괜한 오점만 남기게 될 것이니까요. 최대한 아무 흔적도 남지 않게 지워버리는 게 것이 전하를 위한 길이라 생각했습니다.

성종 나를 죽이는 것이 나를 위한 길이다? 내가 죽는 것이 유모의 기쁨인가?

송이　아니옵니다. (역모에 가담한 이들의 이름이 적힌 책을 내어놓으며) 이번 기회에 이들을 모두 처리하시면 앞으로는 평온할 것입니다.

성종　(책을 훑어보더니) 이들이 모두 나를 해하려는 자들이었군. 그리 놀랍지도 않네. 이미 알고 있는 것들이지. 왕을 진심으로 받드는 이들이 많다고는 생각하지 않았네. 그저 나의 어미가 나를 믿고 사랑해주면 그걸로 족하다고 생각했네.

송이　전하.

성종　그런데 어찌 유모가!

송이　저는 전하를 살리고 전하의 역사를 성웅의 역사로 만들기 위해 제 목숨을 버리고자 했을 뿐입니다.

성종　정녕 그것뿐인가?

송이　또한 그에 더하여 제 아비의 복수를 하고자 했습니다. 전하를 해하고 저를 모함한 그들은 저의 원수이기도 하니까요.

성종　그런 일들이라면 나에게 말하면 되었을 것을!

송이　그렇게까지는 차마…… 전하를 제 복수에 이용하기는 싫었습니다. 어찌 어미가 새끼를 이용하겠습니까?

성종　이미 유모는 그렇게 했다. 처음부터 줄곧!

송이　전하!

성종　왕의 유모가 무엇인가? 왜 되었는가? 뻔하지 않나? 권세를 누리기 위함이지. 애초부터 유모는 어미가 아니라 아기를 이용해 자신의 부귀영달을 누리려는 욕심 많은 한 인간일 뿐이야.

송이　그렇사옵니다. 하지만 저뿐만 아니라 유모라는 제도 자체가 그러하지 않습니까? 그것을 어찌 모두 저의 잘못이라 하십니까?

성종　됐다. 더 들어 무엇하겠나? (찻잔을 보다가 생각이 난 듯) 이것은 무엇인가? 모차? 모차가 아니라 독차이겠지. 흔적도 남기지 않고 독살하려고 함께 준비한 것이겠지. 내 말이 틀렸는가?

송이　그러하옵니다.

성종　(별의 칼을 뺏어서 송이 목에 겨눈다) 어찌! 아무리 그래도 어찌!

송이　하지만 드시게 할 생각은 추호도 없었습니다.

성종　그럼 이게 다 무엇이더냐? 유모가 모두 마실 생각이었느냐?

송이　예.

송이는 자기 앞에 놓인 차를 마신다. 아무렇지도 않은 듯 뜨거운 기운을 참아내는 송이의 모습을 보며 성종은 더욱 분노한다.

성종　그건 아니고 내 것만 독차인 모양이군. 이것도 마셔보라.

송이는 아무런 말도 없이 성종 앞에 놓인 차를 마신다. 순간 억하고 피를 토하며 송이는 쓰러진다. 벌이 황급히 송이를 일으켜 세우며 등을 두드려 토하게 한다.

성종   왜? 도대체 왜? 나를 살리고 그들을 잡으려는 계획이었다면 진짜 독을 탈 필요는 없지 않은가?

송이   그들이 말하길 이 책에 이름을 적지 않은 전하의 최측근이 있다 하여 저로서는 누군들 의심을 하지 않을 수 없었습니다. 전하가 가장 신뢰하는 그 자가 모든 일을 계획하였다고 하기에…….

벌   전하! 저는 아니옵니다.

성종   김 내관이구나. 어찌 김 내관이! 모든 게 꼬이고야 말았구나. 어찌!

벌   (송이를 끌어안고) 왜 그러셨습니까? 도대체 왜? 어미가 왜 자식을 버리셨습니까? 왜 자식이 어미에 대한 복수심으로 살게 하셨습니까?

송이   저는 전하를 버린 적이 없습니다.

성종   유모!

송이   복수를 꿈꾸며 유모가 되었지만 전하에게 젖을 물리며 어미의 정을 배웠습니다. 진짜 좋은 어미가 되고 싶었습니다. 그런데…….

벌   자식을 버린 어미가 어찌 좋은 어미가 될 수 있단 말입니까?

송이   자식을 버리다니?

벌   태어난 지 얼마 되지도 않은 갓난아기를 버리고 유모가 된 게 아닙니까?

성종   그것은 유모의 숙명이 아니겠느냐? 왕의 자식에게 젖을 먹이고 자기 자식에겐 그럴 수 없지. 그래서 나는 늘 유모의 아들에게 미안했었다.

벌   저는 늘 어머니가 미웠습니다.

송이   무슨 말인가?

벌   제가 어머니가 버린 그 아입니다.

성종   이게 무슨 말이냐? 벌이 네가 유모의 아들이라니!

달성대사가 성종에게 인사하며 들어온다.

달성대사   관세음보살.

벌   (달성대사를 보며) 스님!

달성대사   모두 이 소승의 잘못입니다. 복수를 꿈꾸는 송이를 막을 방법이라 생각하고 갓난아기인 벌을 빼돌렸지요. 그럼에도 송이는 복수를 멈출 줄 몰랐고. 벌은 어미가 자신을 버린 것이라 생각했지요.

성종   어찌 이런 일이…… 그럼 지금까지 내가 형제와 같은 벌이 너를 곁에 두고 있었구나. 항상 고맙고 미안하게 생각해야 할 너를!

벌   전하!

성종   네가 있었기에 내가 유모의 젖을 먹고 살 수가 있었지.

송이   그리 생각해주시니 황송하옵니다.

성종   이럴 때가 아니다. 어서 의원을 불러오너라.

송이   이미 늦었습니다.

성종   환자가 어찌 자신의 상태를 알겠느냐? (벌에게) 어의를 부르면 살릴 수 있다. 어서!

달성대사   (찻잔을 보더니) 이 정도 양이면 화타가 살아온들 살릴 수 없습니다. 한 잔이라면 희망이 있었을지 모르겠지만……

성종   내가 유모를 죽였구나.

송이   (더욱 고통스러워하다가) 아닙니다. 모두 저 때문입니다. 제가……, 제가……. (몸이 축 처진다)

달성대사가 송이의 숨이 끊어진 것을 확인하며 절망한다. 성종과 벌도 망연자실한 표정이다.

성종   왕이 뭣이라고 길러준 어미를 죽였구나. 한 어미는 나를 낳았고, 한 어미는 나를 왕으로 만들었고, 한 어미는 나를 키웠다. 그런데 내가 나를 키운 그 어미를 죽이고 말았구나.

김 내관이 달려온다.

김내관   소신 어심을 읽어 역모를 꾸미려는 대신들을 잡기 위한 덫을 놓았사옵니다. 그리고 그 덫은 훌륭하게 성공했습니다. (주위의 상황을 보더니 난감한 표정이다) 전하…… 소신이 무엇을 잘못하였습니까?

성종   내가 어찌 너를 나무라겠느냐? 섣부른 나의 판단 때문이거늘. 김 내관, 유모가 떠났다. 사흘간 조회를 열지 않는 예우를 다하겠다. 승정원에 가서 봉보부인을 종친과 재상의 관례로 예장할 것을 논하라고 하라.

김내관   예, 전하!

김 내관은 급히 나간다. 벌은 송이를 안은 채로 자리에서 일어난다. 성종은 벌에게 안긴 송이의 얼굴을 보며 슬퍼한다. 달성대사는 자신을 원망하듯 고개를 떨어뜨린다.

15

대구 달성토성.

봉보부인의 장례식. 유교와 불교가 혼재된 형태이다. 달성대사는 원혼을 달래는 제를 올린다. 벌은 허망한 표정으로 서 있다. 달성토성 위에 죽어서 혼이 된 유모 송이가 흰 소복을 입은 채 나온다.

궁궐.

성종이 궁궐에서 혼자 예를 올리는 모습이 동시장면으로 펼쳐진다.

송이　　원한을 갚으려다 원한만 쌓게 하고, 낳은 자식 버리고 키운 자식마저 버리려 했으니 내 어찌 그 죄를 다 갚을꼬.

달성대사　인간이면서 하늘의 뜻을 안다고 덤빈 내 탓이네. 나 때문에 비롯된 일이네. 용서하게.

송이　　산이 걸어 와서 힘을 준 줄 알았더니 어미 자식 간의 정을 모두 앗아갔네. 젖이 두 개니 두 자식을 물릴 수 있었는데 낳은 자식도 키운 자식도 모두 잃고 나는 가네.

벌　　　어찌 이렇게 가버리십니까? 참으로 밉습니다. 어머니라고 한 번 불러보지도 못하였는데…….

송이　　이제 와서 북망산 넘어 가며 보니 달성토성이 아기장수를 낳은 힘의 산이 아니라 자식을 품어 키우라는 젖무덤을 닮은 산이네. 이 나라의 젖줄이 될 산이야.

달성대사 다음 생에는 키운 자식을 배로 낳고, 낳은 자식은 젖으로 키울 수 있기를 바라네. 후회를 남기지 않는 어미가 되게.

송이 하지만 어쩔꼬! 이미 늦었으니. 이제 나는 가기 싫어도 돌아가네. 오고 싶어도 다시 올 수가 없네.

송이가 서서히 돌아서더니 산을 넘어 사라진다. 봉보부인의 장례행렬도 유모와 함께 사라진다.

성종 유모…… 유모!

성종은 무릎을 꿇고 엎드리며 흐느낀다.
막이 내린다.

한국 희곡 명작선 51

봉보부인

초판 1쇄 인쇄일   2021년 1월 10일
초판 1쇄 발행일   2021년 1월 20일

지 은 이   안희철
만 든 이   이정옥
만 든 곳   평민사
　　　　　서울시 은평구 수색로 340 〈202호〉
　　　　　전화 : 02) 375-8571
　　　　　팩스 : 02) 375-8573
　　　　　http://blog.naver.com/pyung1976
　　　　　이메일 pyung1976@naver.com
등록번호   25100-2015-000102호
ISBN   978-89-7115-749-7   03800
　　　　　978-89-7115-663-6 (set)
정　　가   6,000원